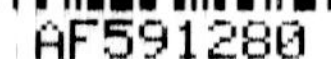

COLLECTION DE D.

EX-LIBRIS FRANÇAIS

DES

XVIIe ET XVIIIe SIÈCLES

Vente : Salles Silvestre

les 21 et 22 Mars

1910

PARIS
ÉM. PAUL ET FILS ET GUILLEMIN
LIBRAIRES DE LA BIBLIOTHÈQUE NATIONALE
28, RUE DES BONS-ENFANTS, 28

N° 47 du Catalogue.

COLLECTION de D.

EX-LIBRIS FRANÇAIS

HÉRALDIQUES

LA VENTE AURA LIEU

Les Lundi 21 et Mardi 22 Mars 1910

A DEUX HEURES PRÉCISES DU SOIR

Dans les Salles de Ventes aux Enchères

DE LA LIBRAIRIE ÉM. PAUL ET FILS ET GUILLEMIN

28, rue des Bons-Enfants, 28 (Anciennes Maisons Silvestre et Labitte)

SALLE N° 1

Par le ministère de Me **ANDRÉ DESVOUGES**, Commissaire-Priseur

26, RUE DE LA GRANGE-BATELIÈRE,

Assisté de **MM. ÉM. PAUL ET FILS ET GUILLEMIN**, Libraires-Experts

28, RUE DES BONS-ENFANTS, 28

EXPOSITION PARTICULIÈRE

Les Vendredi 18 et Samedi 19 Mars 1910

28, RUE DES BONS-ENFANTS, 28

De 3 heures à 5 heures

ORDRE DES VACATIONS

	Numéros
Première Vacation. — *Lundi 21 Mars 1910*..............	1 à 243
Deuxième Vacation. — *Mardi 22 Mars 1910*..............	244 à 487

CONDITIONS DE LA VENTE

La vente se fait expressément au comptant.

Les acquéreurs paieront 10 pour cent en sus des enchères.

Les Experts chargés de la vente rempliront, aux conditions d'usage, les commissions des personnes qui ne pourraient y assister.

COLLECTION DE D.

EX-LIBRIS FRANÇAIS

HÉRALDIQUES

DES XVIIe ET XVIIIe SIÈCLES

DOMMANGET
Prieur Commendataire de St Remy

N° 456 du Catalogue.

PARIS
EM. PAUL ET FILS ET GUILLEMIN
Libraires de la Bibliothèque Nationale
28, RUE DES BONS-ENFANTS, 28

1910

N° 57 du Catalogue.

Le classement adopté par le possesseur de cette collection a été scrupuleusement conservé pour permettre de la présenter telle qu'elle se trouvait dans ses cartons.

XVIIe SIÈCLE

AUVERGNE

1. **Boutaudon** (de). — 3 variantes, *dont une de la plus grande rareté* (avec l'arbre sur le tout) et une gr. par *F. Bu.*, 1647.

2. (**Reboul de Guérin**) (de).
Rare. — Très léger raccommodage.

BOURGOGNE

3. **Camusat** (Louis), avocat au Parlement de Bourgogne; 1708;
Léger raccommodage n'atteignant pas la composition.

2.

4. (**Chastellux**) (de), gr. par *C. Bérain* ; in-16.

5. (**Du Chesne de la Mothe**) (Jean-François).

6. (**Godran**), gr. par *Roger*.

N° 5 du Catalogue.

BRETAGNE

7. (**Du Refuge**), gr. par *C. Bérain*.

8. **Méhérenc** (Bouchard de).

CHAMPAGNE

9. **Frizon de Blamont** (Nicolas-Remy), conseiller (puis président au Parlement). — 3 variantes dont deux datées de 1694 et une in-4, gr. par *J. Le Roux*, 1704.

10. (**Pinteville de Cernon**) ; in-12 en largeur.

DAUPHINÉ

11. (**Denis de Cazeneuve.**)
Epreuve à toutes marges.

12. **Salvaing de Boissieu** (Denis de) ; in-fol.
Très belle et très rare pièce. — *Voir la reproduction à la page 9.*

N° 14 du Catalogue.

FLANDRE

13. **Nielis** (Pierre de), protonotaire.

14. (**Raye**) (de), gr. par *Dacquet* ; in-8.
Rare. — Très légère restauration.

ILE-DE-FRANCE

15. **Affry** (Louis-Auguste, comte d').

16. (**Besnard**, marquis de Maisons), gr. par *J. Regnault* ; in-4.
Épreuve à toutes marges, mais paraissant d'un tirage postérieur au XVIIe siècle. Très rare.

17. (**Bignicourt de Bussy**) (Gérard de).
Rare.

18. **Chassebras** (de).

19. **Faure** (J.-Fr.), conseiller au Parlement de Paris ; 1709.

20. **Geoffroy** (Mathieu-François), doyen et chef de la corporation des pharmaciens parisiens, gr. par *Duflos*, d'après *Séb. Le Clerc*. — 2 variantes in-12 et in-4.

21. **Hozier** (Charles d') ; in-8. — Louis-Pierre d'Hozier ; 2 variantes in-12 et in-8. — Ensemble 3 pièces.

22. (**Robert de la Fortelle**) ; in-16.

23. **Varnier** (Jean-François), conseiller au Parlement ; petit in-4.

24. **Bergiron** (Ant.). — Bulteau de Préville, gr. par *P. Giffart* ; in-8. — (Castillé). — Caumartin ; 2 variantes. — Courtin de Perreuse. — Doyen ; 2 variantes. — Titon de Villotran. — Ensemble 9 pièces.

LYONNAIS

25. **Barnier** (Philippe-Emmanuel) ; petit in-8.

26. **Charreton**, gr. par (*J. Picart*).

27. **Maridat** (Pierre de), conseiller au Grand Conseil ; petit in-8.
Epreuve coloriée.

28. **Roman de Rives** ; in-8.
Rare. — Le nom du titulaire est effacé à l'encre.

29. **Ruffier** (Claude), trésorier de France à Lyon ; in-4.

NORMANDIE

30. (**Baillard des Cours**), membre du Parlement de Rouen, par *R. H.*

31. (**Bertin de Blagny**).

32. **Bigot** (Louis-Emeric) ; 2 variantes. — (Jean Bigot). — Bigot de Graveron de la Turgère. — Ensemble 4 pièces.

AYMON DE SALVAING SEIGNEVR DE BOISSIEV
Surnommé le cheuallier hardy. 1505.

N° 12 du Catalogue.

33. (**Bigot**) (Mademoiselle) ; in-12 en largeur.

34. (**Bouthillier**) (de). — 2 pièces différentes, dont une par *G. L. D.*

35. **Brasdefer** (Louis de Chateaufort, dit) ; in-4.

N° 42 du Catalogue.

36. (**Brinon**, Sr de Formanville) ; in-4.
Épreuve à toutes marges. — Rare.

37. (**Des Hayes**).
Très rare. — Épreuve un peu rognée.

38. (**Du Four de Longuerue**.)

39. **Gaulard** (de).
Jolie pièce, bien gravée.

40. (**Grosmenil**) (de) ; in-8.
Très rare. — Légère restauration.

41. **Huet** (Pierre-Daniel), évêque d'Avranches, 1692. — 3 variantes in-12, grand in-8 et in-folio.

42. **La Place** (Nicolas de), abbé de Saint-Etienne (et du Val-Richer), aumônier de la Reine Marie de Médicis.

Très rare.

N° 53 du Catalogue.

43. (**Le Petit de Serans**).

44. (**Mareste**) (de). — 2 variantes, gr. par (*J. Toustain*).

45. (**Paviot de Saint-Aubin**), conseiller au Parlement de Rouen. — 2 variantes.

46. **Pellot** (B.-B. de), premier président au Parlement de Normandie, gr. par *J. T.* (*Jean Toustain*) ; petit in-8 en largeur

Epreuve avec marges.

47. (**Saint-Lo**) (Prieuré de), à Rouen ; grand in-4.

Superbe épreuve à toutes marges.
Voir la reproduction sur la quatrième page de la couverture.

48. (**Scot de la Mésangère**) ; in-12.

Armes écartelées, avec de Scot sur le tout. — Rare.

49. (**Scot de la Mésangère**) (Guillaume), conseiller au Parlement de Rouen ; in-4.

50. (**Tiremois d'Hequerville**), conseiller au Parlement de Rouen.

Très rare. — Epreuve un peu rognée.

51. **Vassy** (Claude de), marquis de Pirou, gr. par *J. Toustain.*

52. **Du Chemin** (L.-F.). — Gallois de Marquerville. — Horcholle ; grand in-8. — Ch. Le Boiteulx. — (Le Coulteux) ; 2 variantes. — (de Picquefeu). — Sainte-Marie d'Auvers. — (Racine de Bacherville) ; grand in-8. — Ensemble 9 pièces.

PROVENCE

53. (**Digoine du Palais ?**), accolé de..., gr. par *Hennequin.*

54. (**Espagnet**) (d').

Très rare.

55. (**Forbin**)-**Janson** (Jacques de). gr. par *Vallet.*

Epreuve à toutes marges.

56. (**Forbin**)-**Janson** (le cardinal Toussaint de), évêque de Digne, de Marseille, puis de Beauvais en 1679, grand-aumônier de France, gr. par *Vallet* ; in-12 en largeur.

Epreuve à toutes marges.

57. (**Yse de Saléon**) (d') ; grand in-8 en largeur.

Voir la reproduction à la première page du texte.

PROVINCES DIVERSES

58. **Anonyme**. (*De gueules, au chevron d'or, accompagné en chef de 2 étoiles et en pointe d'un baril, le tout d'or*) ; petit in-4.

59. **Anonyme**. (*Fascé, contre-fascé de gueules et d'argent de 6 pièces*) ; petit in-4.

Très belle épreuve à toutes marges.

60. (**Armes**) (d'), en Nivernais, gr. par *Thomassin* ; in-12.

61. (**Du Puy du Fou**) (Gabriel), conseiller au Parlement de Paris (originaire du Poitou), gr. par *J. Picart* ; grand in-4

Très belle épreuve de cette superbe et très rare pièce.
Voir la reproduction (très réduite) à la page 14.

62. **Félibien** (André), sieur des Avaux, historiographe du Roy ; 1650 (Orléanais.) — Alexandre Petau, conseiller au Parlement. — Ensemble 2 pièces.

63. (**Guiot de Doignon**), en Poitou.

64. (**La Perelle**.)

65. (**Laurens**) (Pierre-Charles), commissaire ordinaire et ordonnateur des Guerres.

N° 58 du Catalogue.

66. (**Mesmes**) (de), comte d'Avaux, marquis de Roissy (en Languedoc); in 8 en largeur.

Ex-libris, ou blason de dédicace ?

67. (**Pons de la Chataigneraye**) (Mlle de), en Guyenne ; in-8 en largeur.

Rare.

68. **Tralage** (J.-Nic. de), en Limousin ; 2 variantes in-12 et in-4. — (de La Reynie), grand in-8. — Ensemble 3 pièces.

69. **Adam** (J.). — Louis AUBRET. — (BÉGUIN DE SAVIGNY). — (de BOUSSAC). — CARPENTIER, conseiller du Roi. — (de CLERGUET); in-8. — (CLOPIN). — Math. COLAUD. — CRÉMEAUX D'ENTRAGUES. — (J.-B. CUSSET). — (DEVEZEAUX DE RAMUGEN ?). — (FÉVRET DE SAINT-MESMIN). — de FORESTA. — Ensemble 13 pièces.

70. **Frizon de Blamont**, 1694; in-8 en largeur. — Jean GEOFFROY, à Epernay. — D. GODEFROY. — (JOLYCLERC). — (LE GENDRE), gr. par *P. Giffart*. — (LE GRAND DE MARNAY). — Claude-René LELONG. — de MARIDORT, gr. par *Chabany*. — Nic. ROBINOT. — (TARIN). — Louis de VIENNE, gr. par *Gossel*. — ANONYME. — Ensemble 12 pièces.

N° 61 du Catalogue.

N° 171 du Catalogue.

XVIIIe SIÈCLE

ALSACE

71. **Blessig** (J.-L.), professeur à Strasbourg, gr. par *Wachsmut* ; petit in-8.

Très bel intérieur de bibliothèque.
Voir la reproduction à la page suivante.

72. **Cressia** (de), capitaine au Régiment de Navarre, gr. par *J. Striedbeck*, à Strasbourg.

73. **Salzmann** (F.-R.), gr. par *Wachsmut*.

Bel intérieur de bibliothèque. — Composition identique à celle du n° 71, reproduit ci-contre, mais avec les armes de Salzmann remplaçant le nom dans le médaillon.

74. **Waldner de Freundstein** (le comte de).

Lieutenant général des armées du Roi, colonel d'un régiment Suisse.

75. **Boecler** (Ph.-H.), gr. par *Striedbeck*. — Cerfberr. — Chauffour). — (Abbaye de Lucelle). — (Rosen), gr. par *Striedbeck* ; 2 variantes. — J.-R. Spielmann, gr. par *Striedbeck*. — (d'Alphonse). — Ensemble 8 pièces.

ANGOUMOIS

76. **La Rochefoucauld de Magnac.**

Très rare. — Epreuve à toutes marges.

77. **La Rochefoucauld** (le marquis de). — F. de La Rochefoucauld, Marquis de Bayers, gr. par *Saint-Aubin* (épreuve fatiguée). — Ensemble 2 pièces.

78. (**Lestang**) (François de).

ARTOIS

79. (**Arleux**) (d').

N° 71 du Catalogue.

80. **Briois d'Hulluch** (Vigor de), abbé de Saint-Vaast. — J. de Briois de Sailly. — Ensemble 2 pièces petit in-8, gr. par *Merché*.

81. **Du Ponchel**.
Epreuve à toutes marges.

82. **Saluces** (le comte de).

83. **Tordreau** (M^r^ et Mme de), gr. par *Danchin*, à Cambrai.

84. (**Béthune**) (de); 3 variantes, dont une gr. par *Tardieu* d'après *Tharsis* et une par *Delcourt fils*. — Louis de Givenchy; 2 variantes. — Le Fèvre de la Basse-Boulogne, gr. par *Vacheron*. — (Le Potier de la Hestroye). — Aimé Leroy, gr. par *Burdet* d'après *Potier*. — Ensemble 8 pièces.

AUNIS ET SAINTONGE

85. (**Polignac**) (de). — (POLIGNAC ? accolé de...) 2 variantes. — Ensemble 3 pièces.

86. **Cochon-Dupuy** (Jean), médecin à La Rochelle. — Fr.-Henry

N° 93 du Catalogue.

HAROUARD DE SAINT-SORNIN. — Académie de LA ROCHELLE. — Fr.-Jér. de ROYE DE LA ROCHEFOUCAULD. — Ensemble 4 pièces.

AUVERGNE

87. **Andrault** (Pierre), avocat, par *Delarbre* ; petit in-8.
    Epreuve à toutes marges.

88. **Clermont** (Abbaye de Saint-Allyre à), gr. par *B. Chinon*.

89. (**Crozat**) (Mme la baronne de), née de Montmorency-Laval, par *F. Boucher* ; in-8.
    Rare.

90. **Delachenal** (François), docteur de Sorbonne, prévôt et curé de Saint-Pierre de Lesoux ; in-8.

91. (**Desaix**), père du célèbre général.

N° 100 du Catalogue.

92. **Laizer** (le chev. de), sous-lieutenant en 2me de grenadier des gardes françoises (*sic*).

Le grade de cet officier est écrit à la plume.

93. (**Massillon**) (Jean-Baptiste), évêque de Clermont.

Très rare.

94. **Montmorin** (le comte de), marquis de Saint-Hérem.

95. (**Reboul du Sauzet** (de). — 2 variantes.

Epreuves à toutes marges.

96. **Artaud** (Pierre-Paul), gr. par *F.-D.* — de Champflour. — (de Chavagnac). — Clary de Saint-Angel. — Delamichodière ; 2 variantes. — (de La Tour d'Auvergne). — Murat ; 2 variantes. — (Saint-Nectaire de la Ferté) ; 2 variantes. — Ensemble 11 pièces.

BÉARN ET ROUSSILLON

97. **Bourdier de Beauregard** (Valent.)
Rare.

N° 102 du Catalogue.

98. **(Duplâa)** (Simon de), président au Parlement de Navarre.

99. **Dupont de Gault**.
Épreuve découpée (comme toujours.)

100. (**Lomagne-Tarride**) (de).
Très rare.

BOURBONNAIS

101. **Bourbon-Busset** (le vicomte de), gr. par Mme *Jourdan*, en 1788. — Louis-Ant.-Paul Bourbon-Busset, citoyen français, 1793. — Ensemble 2 pièces petit in 8.

102. **Ebreuil** (Bibliothèque de l'Hôpital Saint-Juste, des Religieux de la Charité d'), gr. par *Branche*.
Pièce de la plus grande rareté.

103. **Vichy** (le marquis de). — (Mme la marquise de VICHY, née d'Albon). — Ensemble 2 pièces.

BOURGOGNE

104. **Beaune** (Ville de).

105. **Bochart de Saron**, conseiller au Parlement. — (BOCHART DE SARON), 2 variantes, dont une par *Nonot*. — Ensemble 3 pièces.

106. **Bouheret** (Jean-Louis), avocat à Autun.
Rare.

107. **Bouillet** (Ben.-Guill.-Elisabeth). — Jean-Baptiste-Antoine BOUILLET, baron d'Arlod ; in-8. — Ensemble 2 pièces.

108. (**Champion de Nansouty**).
Belle épreuve à toutes marges.

109. **Chanrenault** (Jacques-Ant. de), gr. par *L. Monnier* (à Dijon).
Le dernier mot de la légende est effacé à l'encre.

110. **Chanut** (Germain), juge-mage et subdélégué à Saint-Trivier en Bresse. — 2 variantes.

111. **Clermont-Tonnerre** (Louis-Ainard de), abbé de Luxeuil, gr. par *Viotte*.

112. **Clugny** (Jean-Etienne-Bernard de), baron de Nuis, conseiller au Parlement de Bourgogne.

113. **Comeau de Satenot** (Ant.-Bernard), gr. par *Mauriset*.

114. **Darnoux de Gorgean**.

115. (**Drias**) **de Poilly** (Louis), attribué au *Comte de Caylus*. — 2 variantes.

116. **Faitot** (Joseph), frère prêcheur à Dijon.

117. **Faultrières** (Michel, comte de), exempt des gardes du corps, mestre de camp de cavalerie et lieutenant de Roy de la province de Charollois, 1730, gr. par *Ferrand*.

118. **Fontenay** (A.-P. de), président et lieutenant-général au baillage et siège présidial d'Autun, dessiné et gravé par *J.-M. Moreau le Jeune*, 1770 ; in-8.
Pièce très recherchée. — Epreuve rognée sur les côtés.

119. **Godard** (Jacques) ; petit in-8.

120. **Godrans** (Collège des), à Dijon, gr. par (*L. Monnier*). — 2 variantes in-12 et grand in-8.

121. **Humbelot** (Alexandre), seigneur de Villiers.

122. (**Joly de Fleury**), gr. par *J. Audran*, d'après *Desmarestz* ; in 8 en largeur.

123. **Languet de Sivry** (Charles), gr. par *Et. Fessard*, d'après *Beaufils* : petit in-8.

124. (**Massol**) (de).

125. (**Pucelle**) (l'abbé René), curé de Pontigny, dessiné et gr. par *Tardieu fils*.

126. **Regnard de la Roncière** (C.-N.), avocat.

127. **Ryard** (Jean-Ant.) conseiller du Roi à Chalon, gr. par *C. Phelippeau*.

128. **Rymon** (Philibert de), chanoine de la Cathédrale et conseiller du Roi au présidial de Chalon, 1730 et 1740. — 2 variantes.

La variante datée de 1730 est avant la lettre avec légende manuscrite.

129. **Tournus** (Collégiale de Saint-Philibert de).

Rare.

130. **Thyard** (de) (ambassadeur de France, près la République de Venise).

131. **Vergennes** (Gravier, vicomte de), ministre de Louis XVI. — 2 variantes.

132. **Vernisy** (Jean-Marie), avocat, gr. par *Doyen* : in-8.

133. (**Bernard de la Vernette**) : 2 variantes, dont une gr. par *Louise du Vivier*. — Abbaye de Bèze. — Cl.-Ed. de Bona. — Ch. de Brosses ; 2 variantes gr. par *Aveline* et *Durand*. — Brulart de Genlis. — (Brunet d'Evry) ; in-8 en largeur. — (Bellion). — (Chappet d'Estagny). — (de Chaugy de Roussillon). — Convers, gr. par *L. Monnier*. — (Cortois de Quincey). — Cothenot de Mailly. — Ensemble 14 pièces.

134. **Douglas** (L.-A.). — Durey de Noinville. — (d'Estavayé). — Fevret de Saint-Memin. — (Girardot de Préfonds). — Ant. Guyton. — Florent Joly. — (Joly de Bévy). — (de La Loge du Bassin) ; 2 variantes. — Larcher. — Lebelin. — P.-J.-G. Le Febvre. — Lemulier, par *Durand*. — Ensemble 14 pièces.

135. **Loppin de Masse**. — (Machéco de Prémeaux, abbé de St-Paul). — Margue. — (Mouret de Chatillon). — Laurent-Louis Mousset (raccom.). — Bernard de Noblet. — Jean-Fr. Palisot ; pet. in 4, tiré en bleu. — Pasquier de Messange. —

Petit de Marivats. — Philipon. — (Richard d'Ivry). — Richard de Ruffey : 2 variantes, dont une gr. par *Scotin*. — Ensemble 13 pièces.

136. **Quarré de Monay**. — de Saint-Maurice ; 3 variantes. — (de Saulx-Tavannes). — Soufflot de Magny. — (de Suremain, gr. par *Roy*. — J.-O. de Thesut. — (Varenne) de Fenille ; 2 variantes, dont une gr. par *Durand*. — Louis Vacher, gr. par *Monnier* ; in 8. — (de Vienne). — And. Violet. — Ensemble 13 pièces.

BRETAGNE

137. **Berthou** (de), par *A. Ollivault*.

Très belle et très rare pièce. — *Voir la reproduction à la page suivante.*

138. **Boisgelin** (la comtesse de), dame de Remiremont. — (Le marquis de Boisgelin). — Ensemble 2 pièces.

139. **Buret**, par *Ollivault*, à Rennes.

Jolie pièce. — Léger grattage.

140. **(Chrestien de Tréveneuc)**, gr. par (*Ollivault* ?)

141. **Du Bois de la Motte** (la comtesse de Cahideuc), née de Boisgelin.

Jolie pièce. — Rare.

142. (**Gouyon de Vaurouault**), abbé de Quimperlé ; in-12 en largeur.

143. **Guerry** (C.-T.-F., chevalier de), (conseiller au Parlement de Bretagne), gr. par *Ollivault*, à Rennes.

144. **Hamart de la Chapelle** (Patrice-S.), conseiller du Roi au Parlement de Bretagne, docteur au collège des Médecins de Rennes, par *Grégoire*, à Rennes ; grand in-8.

Curieuse pièce.

145. **Harscouet de Saint-George**, gr. par *Ollivault* ; in-8.

Jolie pièce, très rare. — Epreuve légèrement rognée.

146. (**Houel d'Houelbourg**) (le marquis Ch.-Fr.) ; in-8.

147. **Magon de Terlaye**, gr. par *Durig* ; in-8 en largeur.

Très rare.

148. (**Nantes**) (Nouveau Cabinet de Lecture de), gr. par *L. Legrand*. — Société de lecture de La Fosse, à Nantes, 1760. — Ensemble 2 pièces.

149. **Piolaine** (Em.), moine bénédictin de la congrégation de Saint-Maur gr. par *Ollivault*, à Rennes.

Jolie pièce. — Nom manuscrit ajouté dans la partie blanche.

150. **Rohan-Soubise** (Victoire-Armande-Josèphe de), princesse de Guemené. — 2 pièces dont une, très jolie, gr. par (*Germain*).

N° 137 du Catalogue.

151. **Villers** (J.-C.), gr. par *Ollivault*, à Rennes.

Jean-Charles Villers fut commissaire du gouvernement près les armées de la Vendée.

152. (**Berthelot de la Ville-Heurnois**). — Botherel (le Comte de). — Desloges. — Mme Du Bu de Longchamp, gr. par (*Ollivault*). — Du Coetlosquet, évêque de Limoges. — Du Dresnay, gr. par *Ollivault*, 1768 (tirage postérieur). — Du Pont de Romémont. — (d'Espivent de la Villeboisnet). — (Grout de St-Paer), gr. par *Gosset*. — La Tullaye de Varenne. — Ensemble 10 pièces.

153. **Le Bourg** ; 2 variantes. — Michau de Montaran ; 2 variantes. — (de Monti). — Picot de Closrivière. — Jules de Rohan, archevêque de Reims. — (Thérise). — Vicomte de Toustain, gr. par *Ollivault* (épreuve fatiguée). — Ensemble 9 pièces.

CHAMPAGNE

154. (**Aspremont**) (duchesse d'), née de Mérode.

155. **Des Casaux** (Mme), née de Briquemault.

156. **Dommanget**, prieur commendataire de Saint Rémy.

Voir la reproduction sur le titre du Catalogue.

157. **Ferand**, lieutenant-général de police et lieutenant particulier au bailliage, à Saint Dizier.

Ex-libris d'un descendant de la famille de Jeanne d'Arc. — Rare.

158. (**Fremyn de Fontenille**) (Nicolas), chanoine de Reims.

159. **Genée des Tournelles**, chanoine de Meaux.

160. **Lelarge**, Officier au Grenier à sel de Reims, gr. par *Lorthior*.

Très jolie pièce, finement gravée.

161. **Perard** (Jacques), (seigneur de Matignicourt), gr. par *A. C.* (*Colin*), en 1735.

162. **Reims** (Abbaye Royale de Saint-Pierre de).

163. **Villiers du Terrage** (de), premier commis des finances, gr. par *Branche*. — de Villiers de la Berge, substitut de M. le Procureur général, 1766, gr. par *Poletnich*. — Ensemble 2 pièces.

164. (**Bachelier**). — (de Bauffremont) ; 2 variantes. — Abbaye de Belleval. — Claude de Boizé, gr. par *L. Legrand*. — de Bourgevin ; 2 variantes. — (Daoust de Colus ?). — (Du Raget de Chambonin). — Du Resnel, abbé de Sept-Fontaines. — Louis-Georges Gougenot. — de Hénin de Cuvillers. — (Hennequin). — (de Mesgrigny). — (Pajot), gr. par *Chaumier*. — (Rarécourt de la Vallée de Pimodan), gr. par *Rose*. — Ensemble 16 pièces.

DAUPHINÉ

165. **Gallet de Canne** (J.-L.), avocat royal au Parlement de Dauphiné.

166. **Grenoble** (les Frères Prêcheurs de) ; grand in-8.

167. (**Hostun**) (le comte d'). — (La comtesse d'Hostun, née Galard de Béarn). — Ensemble 2 pièces.

168. (**La Croix de Chevrières**) (de), marquis d'Ornacieux, gr. par *D. Colin*, 1750.

169. (**Paumier de Saint-André**), président au Parlement de Grenoble.

170. **Pusignieu** (accolé de Boffin de la Poype) ; in-8.

171. (**Rochefort**) (le marquis de) ; in-8 en largeur.

Très rare.
Voir la reproduction à la page 15.

172. **Sausin** (Louis), conseiller au Parlement du Dauphiné. — 2 variantes.

173. **Bally** (Joseph). — J.-L. Gourgas, gr. par *P(ierre) L(égaré)*. — J.-Emm. de Guignard. — (de L'Espine du Puy), gr. par *Oblin*. — (de Monteynard). — Abel-Joseph Pioct. — (Pourroy de l'Auberivière) ; in-8, sans marges. — Saint-Antoine de Vienne. — Ensemble 8 pièces.

FLANDRE

174. **Anonyme** (Sur le tout : *Gironné d'or et de vair*, à la devise : *Rex fatis, Miles factis*) ; petit in-4.

175. **Bombelles** (le baron de), par *Merché*, 1767.

Épreuve à toutes marges *tirée en bleu*.

176. **Buissy** (de), gr. par *P.-P. Choffard* en 1759.

177. (**Faulx**) (Jacques-François-Joseph de).

Belle épreuve à toutes marges.

178. **Flines** (de).

179. **Gages** (le marquis de), à Mons.

180. **La Froissarderie** (Grignart de).

181. **Lannoy de Clervaux** (le comte), épreuve à toutes marges. — Le comte de Lannoy, chanoine de Cambray, gr. par (*Danchin*). — Ensemble 2 pièces.

182. **Le Couvreur** (Henri), chanoine d'Ypres, gr. par *Merché*, à Lille.

183. **Madre** (de). — de Madre du Locron. — Ensemble 2 pièces.

184. **Malatiré d'Heronval** (receveur des Epices au bureau des Finances de Lille, 1781-1788).

185. **Modave de Masogne**.

186. **Nicole**, conseiller (au gouvernement de Lille).
Epreuve tirée en bleu.

187. **Phalempin** (Abbaye de), diocèse de Cambrai, par *Vandesipe*, à Douai.

188. **Raparlier**, gr. par *Derond*, à Lille ; in-8.
Légère maculature.

189. (**Théry**) **de Gricourt** (l'abbé), gr. par *A. T.* à Cys. (*A. Théry*, à Cysoing), en 1750.
Charmante et rare pièce.

190. **Vieussens** (de) ; petit in-8 en largeur.

191. **Wal** (le Baron de), vicomte d'Anthinnes.

192. (**Blondel d'Aubers** et de Calonne). — Ans. van den Bogaerde. — Bonnier. — J.-Fr. Bosselaer. — Alph. de Brier, gr. par *J. B. C.* ; in-8. — (de Broussel de la Neufville). — Bruneau de Vassignies. — Armant Chevallié. — Louis Cotteau, gr. par *Danchin* (petite restauration). — Edm. van Cruyce. — de Cuypers. — Douay du Prehedrez. — (Du Chasteler de Moulbais), gr. par *H. Simon*. — H Du Resnel. — de Fauconpret de Thulus, gr. par *Helman*, tiré en bleu. — Alexis Foissey, gr. par *Thérèse Brochery*. — Ensemble 16 pièces.

193. **Gosselin** (J.), gr. par *D. Wallaert*. — (d'Haffrengues), gr. par *Merché*. — (Honoré du Locron). — Jacops d'Hailly. — Labeyrie de Vilcar. — Libert de Beaumont, gr. par *J. Derond*. — Séraphin Malfait, gr. par (*Durig*). — (Mérode de Rubempré). — O. Donnoghue de Niele. — (Scherer de Scherburg). — Surmont de Bersée. — D.-L.-N. Taverne (petite déchirure). — Van der Meersch. — de Vroe. — de Warenghien de Flory, gr. par *Danchin*. — Ensemble 15 pièces.

FRANCHE-COMTÉ

194. **Baillot** (J.), curé de Genevrières et doyen de Fouvent, 1762.

195. **Borrey** (Ant.-Emm), 1711.

196. (**Brun**) (Henriette-Charlotte-Gabrielle de), dame de la Croix-Etoilée.

197. **Brusset** (C.-J.-L.)

Mercier, nº 122.

198. **Dunod** (**de Charnage**) (François-Ignace), professeur de Droit à l'Université de Besançon.

Nº 201 du Catalogue.

199. **Faivre du Bouvot** (M.-J.-E.) ; petit in-8.

Premier des états décrits par M. J.-B. Mercier, dans ses *Ex-Libris Franc-Comtois*.

200. (**Falletans**) (Claude-Louis de).

Deuxième état. — *Mercier*, nº 251.

201. **Mailly de Chateaurenaud** (de), gr. par *E. de Ghendt*, d'après *Ch. Eisen* ; in-8.

Superbe épreuve à toutes marges, tirée de format in 4. — Très rare.

202. (**Mareschal de Vezet**) (Jos.-Luc.-J.-B.-Hipp.), président au Parlement de Besançon.

Mercier, n° 408.

203. (**Masson d'Autume**) (Ferdinand-Joseph), capitaine au service de la Prusse, chambellan de Frédéric II.

Mercier, n° 423.

204. **Maudinet de Montrichier** (Cl.-Ch.-Fr.), conseiller (au Parlement de Besançon), 1708.

205. (**Montrichard-Visemal**) (Laurent-Gabriel, marquis de).

Mercier, n° 449.

206. (**Pourcheresse**, marquis de Fraisans), gr. par *Viotte*.

207. (**Amoncourt**?) (d'). — Arnoult. — Barberot d'Autet ; in-8 ; Grands Carmes de Besançon. — J.-Fr Bousson, gr. par *Micaud*. — Camus de Filain, chanoine de Besançon. — Jean-Ambr. Choderlos. — Droz, gr. par *Micaud*; in 8. — de Gay de Marnoz. — de Gillaboz ; 2 variantes. — (Pierre-Fr. Hugon). — Naville. — Ensemble 13 pièces.

GASCOGNE

208. **Escoubès de Monlaur.** — Le comte de Monlaur. — Ensemble 2 pièces.

209. **Estienne** (Joseph), trésorier à Auch.

210. **Ferragut** (Claude-François de), chanoine d'Auch, gr. par *P.-P. Choffard*, 1766 ; in-8.

Très jolie pièce, finement gravée et fort rare.

211. **Jonsac** (Mme la comtesse d'Esparbès de), née de Colbert.

212. (**Cazenove de Pradines**). — (de Comminges). — (d'Esparbès de Lussan). — Le marquis de Faudoas, lithog. par *J. Chalopin*. — (de Gastaud?). — de Lamothe, médecin de Bordeaux. — (de Preissac d'Esclignac), gr. par *Lussaut*. — de Thilorier, gr. par *A. Lavau*. — (de Vergès). — Ensemble 9 pièces.

GUYENNE

213. (**Caylus**) (le duc de), par *Lorichon*. — (Lévis de Thubières de Caylus), évêque d'Auxerre ; in-8 en largeur (blason de dédicace?). — Ensemble 2 pièces.

214. (**Dillon**) (Arthur-Richard de), archevêque et primat de Narbonne (gr. par *Chalmandrier*) ; in-8.

Rare. — Epreuve coupée au cadre.

N° 214 du Catalogue.

215. **Gourgue** (marquis de Vayres), maître des Requêtes. — 2 variantes.

216. (**Grossolles de Flamarens.**)

217. **Pons** (le marquis de). — Mme la marquise de Pons, née de Cossé. — Ensemble 2 pièces.

ILE-DE-FRANCE

218. **Badin de Saint-Aubin** (Pascal-Nicolas-Melchior), avocat à Paris, gr. par *Chollet* ; in-18.

219. **Balsa de Firmy**, élève (?) en Sorbonne.

220. **Bast-lle** (Château Royal de la), (1788).

Rare.

221. **Bourbon** (Louise-Adélaïde de), dite *Mademoiselle de La Roche-sur-Yon*.

222. (**Bouvard**) **de Fourqueux**. — 3 variantes, dont une par *Crépy* et une attribuée à *Tardieu*.

223. **Boyveau l'Affecteur**, docteur en médecine — 2 variantes, dont une, très rare, *avec le bonnet phrygien*.

224. **Brallet** (Jean-François), conseiller Royal, gr. par *Jos. Gamot* ; grand in-8.

225. **Choiseul** (Marguerite-Geneviève de Labriffe, comtesse de).

226. (**Daquin**) (Louis-Claude), organiste du Roi, gr. par *F. Pilsen* ; in-8 en largeur. — 2 variantes.

227. **Dauphin Infanterie** (Régiment du), gr. par le *Chevalier de Pujol* ; in-8 en largeur.

Cassure raccommodée.

228. **Desfours** (le chevalier).

229. **Desmares** (Jacques), avocat au Parlement, gr. par *C.-S. Gaucher* ; in-8.

Très jolie pièce.

230. **Dionis** (F.-J.), abbé de Cuissy.

Très rare.

231. **Duché**, gr. par *De Launay le jeune*, d'après *P. Marillier*, en 1779.

Charmante pièce très finement gravée.
Voir la reproduction à la dernière page du texte.

232. (**Du Pré de Saint-Maur**), gr. par (*Scotin*) ; petit in-8.

233. **Du Pré de Saint-Maur** (Ant.-Louis), officier aux Gardes françoises, gr. par *Lebeau*.

234. **Fougeroux de Sceval**, brigadier des Armées navales ; in-8.
Épreuve à toutes marges.

235. **Gallois** (Pierre-Juvénal), seigneur de Belleville, conseiller du Roi, gr. par *Branche*.

N° 239 du Catalogue.

236. **Gueulette** (Thomas), gr. par *H. Bécat* ; in-8.
Pièce curieuse et rare.

237. **Gueulette** (Thomas), dessiné et gravé à l'eau-forte par *Bellanger* ; in 12 en largeur.
Pièce curieuse et très rare.

238. **Jullien**, procureur général des Eaux et Forêts de France ; in-8.

239. **Lambert de Villejust**, par *Brenet* ; in-8.
Très belle pièce.

240. **La Salle** (S. de), maître des Comptes.

241. **Launey** (le chevalier de), officier aux Gardes Françoises (gouverneur de la Bastille, massacré le 14 juillet 1789).

242. (**Leblanc**) (l'abbé), gr. par *C.-O. Galimard*, d'après *C. Cochin fils*.

243. **Le Gros**, gr. par *lui-même*. en 1790.

Ex-libris de Sauveur Le Gros (littérateur et graveur amateur), très finement exécuté.

244. **Le Long**, maître des Comptes.

Jolie pièce.

245. **Malaval** (Abraham-A.).

Jolie composition représentant un panneau de grotesques.

246. **Mariette** (C.-G.), conseiller-correcteur, reçu le 24 may 1751 ; petit in-8.

247. (**Montmorency**) (le duc de). — Le cardinal de MONTMORENCY-LAVAL. — Ensemble 2 pièces.

248. **Morel**, conseiller du Roi au bailliage et siège présidial de Soissons.

249. **Moriceau**, auditeur des Comptes.

250. (**Moufle de Champigny**) ; gr. par *P.-F. Tardieu* ; petit in-4.

Très jolie pièce.

251. **Roland de Challerange**, avocat au Parlement. — Mme ROLAND DE CHALLERANGE, conseillère (*sic*) au Parlement ; in-8. — Ensemble 2 pièces.

252. **Rondé** (Jean-François). — Madame RONDÉ (née de Villiers). — Ensemble 2 pièces.

253. **Sanlot de Bospin**, fermier-général. — 3 variantes, dont deux in-8.

254. **Sanson**.

Epreuve à toutes marges.

255. (**Segonzac**) (de). — 2 variantes, dont une avec les armes écartelées.

256. (**Talon**, marquis du Boulay). — (Mme TALON, née de Chauvelin). — Ensemble 2 pièces.

257. **Tascher**. — 2 variantes gr. par *Roy*.

258. (**Testu de Balincourt**).

259. (**Thévenin de la Valade.**)

260. **Tristan** (Nicolas-Marie de), commandeur de Malte.

261. **Victoire de France** (Madame), fille de Louis XV, gr. par *C. Baron.*

262. **Vienne** (J.-T.-F.), chanoine de l'Eglise de Paris, abbé commendataire de Bonne-Fontaine, gr. par *Roy.*
Épreuve à toutes marges.

263. **Villemur** *(de)*. — 2 variantes.

264. **Villiers** (de). — 2 variantes, dont une anonyme.

265. **Aine** (d'), gr. par *P.-L. Cor* : in-8. — d'Archambault, gr. par *Sergent-Marceau,* 1778 ; in-8. — d'Artus. — Aubry, gr. par *Martinet.* — H.-S. d'Autreville. — Barbier d'Entre Deux-Monts. — (de Belloy de Candas). — (Benoist). — Duchesse de Berry. — Berryer ; 2 variantes. — de Billy. — Bouché d'Urmont. — Bouju, gr. par *L. Chenu,* d'après *Desmaisons.* — Bourlet de Vauxcelles. — Buchelay. — Ensemble 16 pièces.

266. **Bullier**. — J. de Bry. — Camus de Pontcarré. — Canclaux. — Carmes déchaussés. — Champcenetz ; in-8. — Choart. — Cochin. — Fr. Coppette. — Cousin, procureur général. — Desavenelle de Grandmaison. — Des Essars, 1730. — Desmares, gr. par *Gaucher* ; in-8 (épreuve rognée). — Douet de Vichy. — (Du Mesnil?). — (d'Estienne). — Ensemble 16 pièces.

267. **Dompierre** (Fr. de Paule de). — de Fourcy. — (Froment). — Hemey. — Le Président Hénault (gr. par le *comte de Caylus,* d'après *Boucher*) ; in-8. — (Hocquart de Montfermeil) ; 2 variantes. — Hurson ; 2 variantes. — Jaillot. — J.-P. Joly. — Josse. — Lalive d'Épinay le fils. — Lallemant de Betz (gr. par *Scotin*). — (Mme de Laverdy, née de Vin) ; in-8. — Lavoisier, gr. par *de La Gardette.* — Ensemble 16 pièces.

268. **Le Large d'Eaubonne**. — J.-N. Le Noir. — (Le Pelletier de Saint-Fargeau). — Le Thieullier. — Lohier. — Louis le fils. — Mareschal ; 3 variantes. — Marin. — Mignot, abbé de Scellières. — Pajon. — Patu, par *lui-même.* — Pierre-Claude Perrot. — Pigou ; 2 variantes, dont une de la période révolutionnaire. — Ensemble 16 pièces.

269. **Pihan de la Forest**. — Poulletier, 1772. — Revillon. — (Rigoley de Juvigny). — Rolland ; 2 variantes, dont une gr. par *Stallin.* — Roussel ; 2 variantes. — (Ruau du Tronchet). —

(Saint-Lazare). — Secousse : 3 variantes. — Thierry de Ville d'Avray, gr. par *Colinet*. — (Tissart). — de Vaucresson, gr. par *Beaumont*. — Missions de Versailles. — de Villarceaux. — Ensemble 18 pièces

LANGUEDOC

270. **Belissen** (le marquis de), lieutenant-colonel de Dragons. — 2 pièces, dont une dans le goût d'Ollivault.

271. (**Bousquet**) (Jean-Baptiste).

272. (**Brochant du Lac ?**), gr. par *Maugein*.

273. (**Brunet de Panat**) (le marquis), gr. par *J.-B. Scotin*.

Belle épreuve à toutes marges.

274. (**Chastenet**) **de Puységur** (le comte de), gr. par *J. Le Roy*, 1764 ; ovale en largeur.

Epreuve fatiguée.

275. (**Cheylus**) (Joseph-Dominique de), évêque de Bayeux.

276. **Fossa** (F.), professeur de droit, doyen et conseiller, gr. par *Baumès*.

277. (**Gounon**, dit **Des Changes**, à Toulouse), dessiné et gravé par *Le Blond*, 1785 ; in 8.

278. **Joubert** (de), trésorier des Etats de Languedoc. — 2 variantes, dont une anonyme et de forme ronde gr. par *Duflos*, l'autre gr. par *Maugein*.

279. (**La Broquière ?**) (de), dessiné et gr. par *Mercadier* : gr. in-8.

Très belle pièce. — Epreuve à toutes marges.

280. **La Vallette** (Jean de), abbé (de Beaulieu en Rouergue).

281. **Nozières** (le comte de), et sa femme, née de Terray.

282. (**Séguier**) (Ant.-Louis de), dessiné et gr. par *C. Gaucher*. — (Séguier), gr. par *Branche* ; ovale in-8. — Ensemble 2 pièces.

283. (**Aignan**) (le Président d'). — Pierre Audoy. — (Auderic de Lastours), gr. par *Baumès*. — Baschi d'Aubaÿs ; 3 variantes. — (Bazin de Besons, évêque de Carcassonne ; 2 variantes. — Boissy d'Anglas. — (de Cairol). — de Cambon, évêque de Mirepoix ; 2 variantes in-12 et in-4 gr. par *J. Mercadier*. — Ensemble 12 pièces.

284. **Carbon** (de), gr. par *L.-F. Baour*; 2 variantes. — (de Copons). — Fajon. — Gaussen. — Grasset. — (Johanne de Lacarre) de Saumery évêque de Rieux. — L'abbé de La Fare. — Lamourous, gr. par *Pallière*. — (Le maréchal de Lautrec). — Le comte de Luzignen, gr. par *Beugnet*, 1769. — Mariane, à Carcassonne; in-8. — Martin de la Bastide. — (Duchesse de Narbonne). — P.-P. (Faure), jugemage, lieutenant-général de Montpellier. — Ensemble 15 pièces.

285. **Ollivier**, gr. par *Chalmandrier*. — Palmes d'Espaing, gr par *Helman*. — (de Polastron), gr. par (*Tubert*), in-8, épreuve rog. — Roche, chanoine d'Uzès. — de Rochemore. — Seguret. — (Tuffet de Taraux ?), tirage postérieur. — de Valadous. — Jacques de Valette. — J. Vallat, gr. par *L. Ramel*. — (de Varaignes) gr. par *Nonot*. — Alex.-Grég. Vichet; 2 variantes, in-12 et in-4. — Ville de Villefranche-de-Rouergue. — Ensemble 14 pièces.

LIMOUSIN

286. **Carbonnières** (le vicomte de), gr. par *Danchin*, à Cambrai.

287. **Du Cluseau de Chabreuil**.

288. (**Dufort de Cheverny**), introducteur des ambassadeurs.

Épreuve à toutes marges.

LORRAINE

289. **Anthoine** (J.), gr. par *Colin*, d'après *de Senemont*, en 1752, petit in-8.

Charmant intérieur de bibliothèque. — *Voir la reproduction à la page suivante.*

290. **Bercheny** (le maréchal, comte de); in-8, gr. sur bois.

Les hussards de Bercheny étaient casernés à Commercy.

291. (**Briot**) (de), par (*F. Janinet*).

Pièce attribuée également à Mérault de Villeron.

292. (**Doger de Spéville**); in-8.

293. **Dumars de Vaudoncourt** (Ch.-Fr.). — 2 pièces différentes, l'une gr. par *Lançon*, l'autre par *Nicole*, en 1753.

294. **Etival** (le P. Charles-Louis Hugo, abbé d'), gr. par *Nicole*, à Nancy, en 1735; in-8.

295. **François de Neufchâteau** (N.), sénateur, comte de l'Empire. — 3 variantes, in-8, in-4 et petit in-fol.

296. (**Frimont**) (de), gr. par *Durig*.

297. (**Gabriel**) (Claude-Louis), avocat à Metz.
Très rare.

298. **Jacquemin** (Claude-Louis), gr. par *J.-C. François*, d'après *C. Charles*, à Nancy, 1739 ; in-8.
Le nom du titulaire est manuscrit.

N° 289 du Catalogue.

299. (**Le Preud'homme de Fontenoy**), gr. par *Nicole*, à Nancy, 1745 ; in-8.
Épreuve à grandes marges.

300. **Lorraine-Marsan** (le prince Camille-Louis de) ; grand in-8.

301. (**Mahuet**) (de). — 2 variantes, dont une in-8, gr. par *Nicole*, à Nancy, en 1744.

302. (**Massu de Fleury**) (Charles-Léopold), abbé de Belchamp, gr. par A. *Houat l'aîné* ; in-8.

303. **Mengin**, lieutenant-général du Bailliage de Nancy, gr. par *Collin*.

304. **Millet de Chevers** (de), gr. par *Collin*, à Nancy, en 1756.

305. **Mory d'Elvange** (de).

306. **Pons** de Lorraine (le prince de).

307. **Pont-à-Mouson** (Bibliothèque de Sainte-Marie-Majeure à), gr. par *Nicole*, à Nancy, en 1751 ; in-8.

308. **Provenchères** (Dolmaire de), gr. par *Nicole*, en 1762 ; petit in-8.

N° 310 du Catalogue.

309. **Seichamps** (l'abbé de), gr. par *Nicole*, à Nancy, 1747 ; in-8.

310. **Sirejean** fils, gr. par *Colin*, en 1754.

Jolie composition. — Rare.

311. **Thibault**, conseiller d'Etat, procureur général de la Chambre des Comptes, gr. par *Collin*, à Nancy, en 1756.

Jolie pièce, très finement gravée.

312. **Thouvenin**, procureur au bailliage de Lixheim (pièce au coq), gr. par *Collin*, à Nancy, en 1769.

Epreuve à toutes marges.

313. **Assenoy** (d'). — de Bourgogne, gr. par *Roy*. — (Colin de Contrisson). — (Collinet de la Salle). — Alex. d'Haldat. — J.-B. Philippe. — (des Piliers de Fonté). — J.-B. Rivière, gr. par *Messager*; in-8. — de Veimerange. — (Villiez), gr. *par son fils*. — Ensemble 11 pièces.

N° 318 du Catalogue.

LYONNAIS, FOREZ, DOMBES

314. **Bourdon** (D.-M.-J.), avocat royal. — 2 variantes datées de 1766 et 1776.

315. **Boyat** (Louis), conseiller au Parlement de Dombes; in-8.

316. **Chandieu** (le baron de).
Légende : *Caudiacensis Bibliothecæ*.

317. **Cinier** (Jean-Joseph). — 2 variantes, dont une par (*Eisen*).

318. **Clavier** (Etienne), avocat au Parlement de Lyon ; grand in-8.
Très belle pièce.

319. **Deschamps** (François), avocat et procureur royal au Parlement de Lyon, 1746 et 1747 ; in-8.
Belle pièce. — Rare.

N° 319 du Catalogue.

320. **Dugad** (Lambert-Claude), curé de la paroisse de Saint-Pierre et Saint-Saturnin, à Lyon ; petit in-8.

321. (**Foy**) **de Saint-Maurice**, président à la Cour des Monnaies de Lyon. — 2 variantes.

322. **Fulchiron** (J.).
Ex-libris de Jean-Claude Fulchiron, président du conseil général du Rhône. — Voir : *Armorial des Bibliophiles lyonnais*, par Poidebard, Baudrier et Galle, pp. 238-240.

323. **Gémeau** (Nicolas-François), conseiller royal, lieutenant général de la sénéchaussée de Dombes ; in-8.

Epreuve *avant la lettre*, la légende écrite à l'encre.

324. **Lyon** (Bibliothèque de M[rs] les Comtes de).

Epreuve à toutes marges.

325. **Lyon** (Bibliothèque des Augustins de). — Augustins (de la Croix-Rousse) de Lyon. — Carmes déchaussés de Lyon. — Ensemble 3 pièces.

326. **Lyon** (Bibliothèque du Couvent et Collège des FF. Prêcheurs de Lyon) ; in-8.

327. **Meaux** (Jean-Et. de), président au présidial de Mâcon. — 2 variantes in-12 et grand in-4.

Epreuves à toutes marges.

328. **Mey** (Jacques), seigneur de Chales, conseiller du Roi à Montbrison, gr. par *Mandonnet.*

329. **Michon** (Léonard), avocat du Roi au Bureau des Finances de Lyon et échevin de cette ville. — 2 variantes.

330. **Perier** (François-Louis-Joseph), juge et président au siège présidial de Forez.

331. **Pupil** (Pierre), président du baillage du Bourg-Argental ; pet. in-8.

332. **Riboud (des Avinières)** (Jean-Bernard), conseiller du Roi en l'élection de Bresse.

333. **Riccé (de Bereins)**, accolé de Yon de Jonage.

Petit trou.

334. **Sautereau-Montessuy** (Mme de) ; in-12 en largeur.

335. **Souchay** (directeur de l'Ecole de dessin) de Lyon, gr. par *Choffard*, d'après *C. Monnet*, en 1776 ; in-8.

Très belle épreuve de cette pièce recherchée.

336. **Terray** (Joseph-Marie), conseiller au Parlement. — Terray de Rosières, procureur général de la Cour des Aides. — Ensemble 2 pièces.

337. **Vaivolet**, lieutenant particulier au bailliage de Villefranche en Baujolois, gr. par *Gatte*.

Pièce déshonorée à l'époque de la Révolution. — Voir la reproduction donnée dans l'*Armorial du Lyonnais*, p. 673.

338. **Valentin** (J.-B.-F.), avocat.
Légende manuscrite.

339. (**Albon**) (d'), accolé de Castellane. — J.-B. d'Anthoine. — (Bénéon de Riverie). — Bollioud ; in-8. — Bronod. — de Bullion. — Basset de Chateaubourg (épreuve restaurée). — Jos. Cinier. — (Claret) de Fleurieu ; 2 variantes. — Claret de la Tourette. — Constantin. — (Courtin de Rilly). — de Cuzieu ; in-8. — Ensemble 14 pièces.

340. (**Du Breuil**). — Duguet (de Bullion). — Dutour-Vuilliard. — Et. Estival. — C.-M. Gattel. — M. Gauthier. — (de Gayardon). — Gillet ; 1778. — G. de Glatigny. — Ant. Gonon de Saint-Fresne, gr. par *L. Jalet*. — (Jehannot de Bartillat). — De Mascrany ; 2 variantes, dont une gr. par *J.-B. Scotin*. — Ensemble 13 pièces.

341. **Maurier** (J.-B.). — Morel d'Epeisses. — Mouton-Fontenille. — (Noyel de la Noerie). — de Payan ; grand in-8. — Peysson de Bacot. — de Ponsainpierre. — Salvert de Mont-Foignon. — Soubry, trésorier de France ; in-8. — Jos. Steinman. — (Thomé). — de Viry, gr. par *Wassel*. — Ensemble 12 pièces.

MAINE, ANJOU

342. (**Beauvau**) (Marie-Thérèse de), épouse de son cousin Pierre-Madelaine, marquis de Beauvau ; attribué à *Tardieu*.

343. **Dumans de Chalais**, lieutenant des Maréchaux de France ; petit in-8.

344. (**Foullon d'Ecotier**.)

345. (**Grimaldi**) (Louis-André de), évêque du Mans de 1767 à 1777.

346. **Hoisnard** (Ambroise-René), avocat en Parlement.

347. **Le Prince** (J.-Bt-H.-M.), au Mans et Mme, née Godard d'Assé. — Charles-Louis Le Prince de Beaufond et Mme née N... — Ensemble 2 pièces.

348. (**Ménard de Couvrigny**) (Noël).

349. **Montesson** (Madame la marquise de), née Béraud de la Haye de Riou.

350. **Rouillon** (Pierre-Daniel-Fr. Nepveu, seigneur de).
Rare. — Très légère cassure.

351. (**Samson**) (Alex.-Paul-Louis-Fr. de), lieutenant au Régiment de Penthièvre-Infanterie.

352. (**Savonnières**) (Timoléon-Madelon-François, marquis de), mestre de camp ; in-8.

353. (**Clermont-Gallerande**) (de). — (Chamillart de la Suze). — Le duc de (Cossé) de Brissac. — Costard de Bursard. — Des Ligneries. — L'abbé Desmaretz, gr. par *Chevalier*. — J.-B. de

N° 359 du Catalogue.

Fouquet. — (de Goddes de Varennes). — Goislard de Monsabert. — J.-Fr. Jannart. — Ensemble 10 pièces.

354. **Juigné** (Le Clerc de). — Le Tellier de Courtanvaux. — Magne, gr. par *Godard le jeune*. — (Pinon de Saint-Georges). — (Potier de Gesvres). — de Roberthon. — Nic. Robillard, 1724. — de Saint-Simon, comte de Courtomer. — J. Trochon. — (Du Metz). — Ensemble 10 pièces.

NIVERNAIS

355. (**Andrault**) **de Langeron** ; 2 variantes, dont une anonyme. — Flamen d'Assigny. — (Héron de Villefosse). — (De Lucenay), gr. par *Roy*. — Ensemble 5 pièces.

NORMANDIE

356. (**Bec-Hellouin**), abbaye de l'ordre de Saint-Benoît, diocèse d'Evreux. — 2 variantes.

357. **Brigeat de Lambert**, vicaire-général à Avranches.
Rare.

N° 361 du Catalogue.

358. **Douësy**, conseiller au Parlement de Normandie.

359. **Dufay de Carsix**.
Très jolie pièce. — Rare.

360. (**Du Tot**) (Mme).
Accolé : *d'or, au chef-pal de sable.*

361. **Epreville** (d'), conseiller au Parlement, gr. par *Jacques le jeune.*
Très jolie pièce, de la plus grande rareté.

362. **Eu** (Bibliothèque du collège d'), fondée par le duc du Maine, en 1729 ; grand in-8.

363. **Filleul de Verseuil**).
Rare.

364. (**Foulon**) (de). — 2 variantes, dont une gr. par *Roy*.

365. **Grantemenil** (Paulmier de Grentemesnil).

366. **Gressent** (de), conseiller au Parlement de Normandie ; pièce ovale en largeur.

367. **Hauchemail** (G.-Fr.), prêtre.
Épreuve à toutes marges.

368. (**Jubert de Bouville**) : in-12 en largeur. — (Mme Jubert de Bouville). — Ensemble 2 pièces.

369. **Le Bastier** (Jean-Mathieu), huissier de la Chambre du Roi, dessiné et gr. par *Moitte* ; in-8.
Très rare.

370. (**Le Carpentier d'Auzonville**) ; petit in-8.
Rare.

371. (**Le Danoys**, marquis de Cernay.)
Ex-libris ecclésiastique, également attribué à de Pauliac.

372. **Le Féron de Longcamp**) ; in-12 en largeur.

373. (**Le Héricy de Vaussieux**) (Mme), née Bazin de Bezons.

374. **Le Moyne de Bellisle.**

375. (**Le Pelletier de Martinville**). — 2 pièces en largeur gr. par *François*, l'une in-12, l'autre (légèrement tachée) in-4.

376. **Lisieux** (Bibliothèque du Chapitre de la cathédrale de).

377. (**Maillart de Landreville**) (Mme de), née d'Auxais.

378. **Merlet** (Léon-Pierre). — Jacques Merlet, avocat au Parlement ; 2 variantes. — Ensemble 3 pièces.

379. **Perchel** (C.-L.-F.), gr. par *Gobel*.

380. **Romé de Vernouillet**, conseiller au Parlement de Normandie.

381. (**Turgot**) (Jean-Etienne), intendant de Touraine, gr. par *Bidault*, 1717. — Dominique-Barnabé Turgot, évêque de Séez, 1716, 1717 ; 2 variantes. — Ensemble 3 pièces.

382. (**Vallon de Boisroger**), prêtre.

383. **Arthenay** (d'). — Baillard du Pinet, 1750. — Germain Barré ; 2 variantes. — (Baudoin du Basset). — (de Beaurepaire). — Abbaye de Bellosanne. — Blouet de Camilly ; 2 variantes. — Boullemer de Thiville, 1814. — de Carantilly. — (de Castaing ?). — de Couvert ; 2 variantes gr. par *Goüel*. — de Crèvecoeur. — Debourville. — Ensemble 16 pièces.

384. **Decaquelon** ; in-8. — Denis. — J.-B. Descamps, gr. par *N. Le Mire*. — (Du Moustier de Cauchy). — (Du Quesnoy). — P.-L. Duvergier. — (Mme d'Estièvre de Trémonville), gr. par *C.-L. Corneille*. — (Ficquet du Bocage), gr. par *Gamot*. — de Fréval, gr. par *Durey*. — Gaillard, gr. par *Jacques*. — Goderville (Roussel de). — Gravelle de Fontaines, gr. par *Goüel*. — L'abbesse Guenet-Delouye. — (Hue de Miromesnil). — Herambourg, gr. par *Goüel*. — de La Luzerne. — Ensemble 16 pièces.

385. (**Langlois de Motteville**). — La Niepce d'Anneville. — Le Bourg. — (Le Bourguignon du Perré) Delisle. — (Le Coulteux) gr. par *Jacques fils*. — Et. Le Cordier. — (Le Gendre de Berville.) — J. Le Normand, évêque d'Evreux. — (Le Peigné d'Oumesnil). — (Le Pippre ?), gr. par *Nonot*. — (Le Planquais), nom découpé. — (Le Roux d'Esneval). — Le Vacher du Plessis. — (Le Vavasseur d'Hérouville). — Marescot, gr. par *Duplessis*. — Maton de la Varenne. — Ensemble 16 pièces.

386. (**Mignot**) **de Montigny**, gr. par *Mme Le D(aulceur)*. — (de Milleville). — (de Montfort), gr. par *J.-B. de Ganhy*. — (Président de Motteville). — (Poerier d'Amfreville). — Cés. de Rochechouart, évêque de Bayeux. — (Rouillé du Coudray). — (Thiroux de Crosne). — Thiroux de Gervillier. — (Thiroux) de Mondésir ; 2 variantes, dont une gr. par (*Mme Le Dauleeur* d'après *Gravelot*). — Ch. de Tilly. — (Texier d'Hautefeuille accolé de Cauvigny) ; 2 variantes, dont une au pochoir. — Ch. de Valory. — Ensemble 15 pièces.

ORLÉANAIS

387. (**Huet de Montbrun**) (Mme), née Françoise Curault.

388. **Perrault** (François), curé de Praville, en Beauce, gr. par *Le Tillier*, en 1764 ; grand in-8.

Jolie pièce avec le portrait du titulaire.

389. **Pontois** ; gr. sur bois.

390. **Prateaux** (des).

391. (**Chancerel d'Ardaine?**). — Colas de la Noue. — Ph. de Cougniou. — Des Ligneris — de Lacour, gr. par *P. R.*; in 8. — Le Bouthillier de Villesavin — Mignon. — N.-Jos. de Paris, 1733. — Abbaye de Saint-Laumer, à Blois. — Tassin-Baguenault. — Tassin de la Renardière. — Ensemble 11 pièces.

PÉRIGORD

392. (**Du Cluzel**) (Mme), née Marie-Thérèse Touzard.

393. (**Du Lau**).
Ecartelé : au 1 de Du Lau.

394. (**Fuligny-Damas**), (Marie-Gabrielle de), comtesse de Rochechouart, gr. par *Cl. Roy*; in-4.
Belle épreuve à toutes marges.

395. **Damas d'Anlezy**. — (Du Lau) d'Allemans. — Nic.-Jos. Foucault. — (Garat). — J.-Fr. de La Cropte de Bourzac. — Mme la vicomtesse H. de Ségur. — Ensemble 6 pièces.

PICARDIE

396. (**Albert d'Ailly**, duc de Chaulnes); 2 variantes. — (Albert de Luynes, duc de Chevreuse); 2 variantes, dont une gr. par *Roy*, avec les 10 drapeaux. — Ensemble 4 pièces.

397. (**Bizemont-Prunelé**) (André-Gaspard-Parfait, comte de), dessiné et gr. par *Ch. Gaucher*, 1781.
Jolie pièce.

398. **Haussy** (Jean de Dieu-Barthélemy de), écuyer, avocat et secrétaire du Roi. — 2 variantes, avec les noms manuscrits.

399. (**Noyon**) (Chapitre de Notre-Dame de), in-4. gr. par *A. Oudoux*.

400. **Porchon de Bonval** (A.-J.), à Cannettecourt.

401. (**Saint-Simon**) (Rouvroy de).
Rare.

402. (**Trudaine de Montigny**), ministre de Louis XVI, gr. par *Berthault*, d'après *Le Sage*.
Belle épreuve à toutes marges.

403. (**Ampleman**) **de la Cressonnière**; 2 variantes, dont une gr. par *Merlot*. — (Bernard de Cizancourt). — Fr. de Bournonville. — de Cailly. — (de Calonne), ovale en largeur. — (de Campaigne d'Avricourt). — (de Chauvelin). — Desains. — (Du Gard). — (Du Trousset) d'Héricourt. — Ensemble 11 pièces.

404. (**Folard**) (de). — Daniel Formentin. — L'abbé de Franssure. — (de Fresnoy). — A.-J. de Lignières ; 2 variantes. — de Meulan ; 2 variantes. — Pingré de Fricamps. — Sangnier d'Abrancourt, gr. par *Louise Duv(ivier)-Tardieu*. — Abbaye de Valloires, gr. par *Mathey*. — Ensemble 14 pièces.

N° 402 du Catalogue.

POITOU

405. (**La Trémoille**) (de). — 2 variantes.

406. (**La Trémoille**) (duchesse de), née La Tour d'Auvergne, gr. par *Tardieu*. — (duchesse de La Trémoille, née princesse de Salm-Kirburg) ; in-12 en largeur. — Ensemble 2 pièces.

407. (**Vasselot**, marquis de Régné) (de) ; in-8.

PROVENCE, COMTAT-VENAISSIN

408. (**Ancezune de Caderousse**), gr. par *L. Legrand*.
Epreuve à toutes marges.

409. (**Boisson.**)

Epreuve à toutes marges.

410. (**Bonnard de la Baume.**)

411. (**Catelin**) (Antoine-Benoît de), gr. par son frère *J.-B. Catelin* ; in-8.

Epreuve à toutes marges.

412. (**Du Caylar**). — 2 pièces différentes.

Epreuves à toutes marges.

413. **Glandevès-Mercier.** — Glandevès-Niozelles. — Ensemble 2 pièces.

414. **Grille d'Estoublon** (Jacques de), prévôt de l'Eglise d'Arles, 1737 ; in-12 en largeur.

Rare.

415. (**Meyran**, marquis de Lagoy), gr. par *Michel*, à Arles, en 1727.

416. (**Raffaelis de Saint-Sauveur**) (Mme de), née de Belli de Roux, gr. par *Veyrier* et *Le Blond*.

Très rare.

417. **Salamon** (Alph.-Laurent-Ant.), secrétaire d'Etat du Saint-Siège pour Avignon et le Comté Venaissin ; grand in 8.

418. (**Suarez d'Aulan**) (de), gr. par *J. Michel*, à Avignon, en 1730.

419. (**Thomassin**) (de), président du Parlement d'Aix : petit in-8.

420. (**Villeneuve**, comte de Vence), gr. par *Faugrand* ; petit in-4.

421. **Villeneuve de Martignan** (de), gr. par *J. Michel*, de Genève, à Avignon, en 1732; in-8.

Jolie pièce.

422. **Vintimille** (Mme de). — Mme la vicomtesse de Vintimille, née de Lalive d'Epinay. — Ensemble 2 pièces.

423. **Aix** (Séminaire d'). — (Barlatier de Mas) ; in-8. — de Bausset). — de Bellaud ; 2 variantes. — (de Belli). — (Brancas de Lauraguais). — (de Cabanes). — de Camelin. — de Dignoscyo. — (Dorel), gr. par (*Laurent*). — (Du Blanc de Brantes). — (de Fos). — (Fougasse) de Labastie. — (de Gassendi-Campagne). — (de Jarente) ; 2 variantes, dont une accolée gr. par *Lemaitre*. — Ensemble 17 pièces.

424. **Lanau**, gr. par *Michel*. — Lejourdan ; in-8. — (L'Hermite). — (de Lisle). — (Lordonnet d'Esparron). — (Michel de Léon) ; 2 variantes, dont une gr. par *Dejean*. — de Pastoret ; 2 variantes. — Perrin de Sanson. — (Philip). — Portalis. — (de Rians de Saint-Vincens). — Aimé de Saint-Didier, gr. par *Voysard*. — de Saporta, gr. par *Lordonné*. — Sorberio. — Ensemble 16 pièces.

N° 427 du Catalogue.

TOURAINE

425. (**Brossin de Méré**) (Mme de) ; grand in-8.

426. **Cangey** (de Trezin de), gentilhomme ordinaire de la Chambre de Mgr le Comte d'Artois ; in-8. — 2 variantes.

427. **Musset-Depatay** (Victor et Louise de).

Ex-libris rare du père et de la tante du célèbre poète Alfred de Musset. Épreuve du premier état, c'est-à-dire sans la mention *Amicitia et natura conjuncti*, qui figure au-dessous du nom dans la reproduction donnée ci-dessus.

428. **Salmon de Maison Rouge**.

Très belle épreuve à toutes marges.

429. **Argenson** (d'); 2 variantes. — Baudelot, par *Corlet*. — (de Chastenay). — de Chaumejan. — Delaleu, gr. par *François Montulay*, 1754; in-8. — (Douault d'Illiers?). — (Dubiflé?). — (Haincque de Saint-Senoch), gr. par *Coquardon*. — (Le Gendre). — Le comte de Mailly. — Fr.-Jos. Ménage de Mondésir. — Papion. — Ch. d'Orléans, abbé de Rothelin. — (de Villevault). — Ensemble 15 pièces.

PROVINCES DIVERSES

430. **Amyot** (G.-F.); in-8.

Belle épreuve à toutes marges.

431. **Anonyme**. (Monogramme, avec la devise : *Credo*.)

Epreuve à toutes marges.

432. **Auda de Montolieu**, avocat.

433. **Aumont** (avocat).

434. **Bonnard**.

435. **Bontempa** (L.-J.-M.).

436. **Bouthemont** (de).

437. (**Broglie**) (Charles III de), évêque et comte de Noyon. — 2 variantes, in-12 et in-8, gr. par *N. Oudoux*.

La variante in-12 est très rognée.

438. (**Broglie**) (Joseph-Hyacinthe de), abbé de Valoires; in-4 en largeur.

439. **Broglie** (Madame la marquise de), née Besenval.

440. **Chambon de Contagnet** (J.-A.-T.), par *Du Palluët*.

441. (**Charmes**) (de); ovale en largeur.

Très belle épreuve tirée de format in-4.

442. **Chateaugiron** (J.-M. de).

Joli petit intérieur : un prêtre lisant dans son cabinet de travail.

443. **Chiquet de Champ-Renard**, gr. par Mlle *Fonbonne*.

444. **Coqueley de Chaussepierre**; in-8.

445. **Dumont** (J.-F.-J.). — 2 variantes.

446. **Dumont de Valdajou**, chirurgien breveté du Roi, gr. par *R. Brichet* ; petit in-8.

Curieuse et jolie pièce.

447. **Fabry d'Augé**, Cap.(itaine) au c.(orps) R.(oyal) du Génie ; 1780.

Epreuve à toutes marges.

N° 446 du Catalogue.

448. **Filliard** (P.-L.), avocat au Sénat de Savoye, gr. par *Téron* ; in-12 en largeur.

449. **Fonpérine** (Nicolas de).

Jolie pièce représentant une bibliothèque.

450. **Grignon**, chevalier de l'ordre du Roy, correspondant de l'Académie Royale des Belles-Lettres, gr. par *De la Gardette*.

451. **Hyenville** (d'), gr. par *Viotte*, graveur des Monnaies royales ; in-8. — 2 états tirés en noir et en bleu.

452. **Jarry** (R.).

Jolie composition (gravée par *Brenet*). — Epreuve sans marges.

453. **L'Abbé d'Eterno**.

454. **La Haie** (le chevalier de), Roi d'armes de France.

455. **Le Maire**, gr. par *Brenet*.
Épreuve à toutes marges.

456. **Maubuisson** (de).

457. **Melle** (Marie-Guillaume-René de).

458. **Merlet** (de), Maréchalle (*sic*) de Camp.

459. **Michel de Villebois** (Henri-Michel-Etienne).

460. (**Midy**) ; in-12 en largeur. — Midy de la Grainerais, gr. par *Dthe Ges*. — Ensemble 2 pièces.

461. **Moreau de Coeffy**. — 2 variantes.

462. **Moullin de Vaucillon** ; in-12 en largeur.
Piqûre de ver en marge.

463. **Ossun** (Madame la comtesse d'), née de Comminges.

464. **Pecquet** (Antoine), (chevalier de Saint-Lazare).

465. **Pennamprat** (l'abbé de), de la Société Royale, gr. par (*Descarnots*).

466. **Saverien** (Alexandre).
Très rare. — Légère restauration.

467. (**Sol**) (de).

468. **Tavel** (François-Rodolphe de).

469. **Villeneuve** (Jean-Pierre de).

470. **Vincy** (H.-J.-V. de), gr. par *Ollivault*, à Strasbourg.

471. **Dames** : Mme d'Arconville, gr. par *Louise Le Daulceur*, d'après *Ch. Eisen*. — Mme de Beaumanoir — Boula de Paris. — (Dumoustier de Vatre, née Cottin) — Mme la marquise de Fleury. — Pigné de Montchevrel. — Anonyme, accolé de Dillon. — Ensemble 7 pièces.

472. **Médecins** : H.-T. Baron. — Ph.-H. Boecler, docteur à Strasbourg, gr. par *J. Striedbeck*. — Boyveau l'Affecteur. — P. Cochon. — Coquereau. — Duval. — Lemercier. — Antoine, François et Henri Petit ; 4 variantes. — Raussin, médecin à Reims. — Charles Roussel, médecin à Lille. — Anonyme. — Ensemble 14 pièces.

473. **Médecins et Pharmaciens** : Pierre Arcelin. — J.-N. Arrachart. — H.-Th. Baron. — Th. de Bordeu. — J.-B. Gastaldy,

gr. par *Veyrier*, 1752 ; in-8. — Antoine-Nic. Gavinet ; in-8. — (de Guillebon), gr. par *Jacques fils*. — J.-Ph. Grumet. — (Maugue). — Morand. — Ant. Fr. Petit. — Soyer-Villemet. — Jean-Armand Tronchin, gr. par *P.-P. Choffard*, épreuve avec le monogramme du célèbre médecin Théodore Tronchin. — Ensemble 13 pièces.

474. (**Aligre**) (d'). — (d'Anviray). — (d'Arenberg). — d'Armancy. — Aubaret-Aubin. — Aubrée. — Ch. d'Augy. — de Barraly. — (Baulard d'Angirey). — (de Bengy). — J.-L. Béraud. — (de Berbignières). — Caroline Bonaparte, femme du Roi de Naples Joachim Murat. — (de Bonneval de Jurigny). — Ensemble 15 pièces.

475. **Boscheron**, gr. par *Berthault*, 1777. — de Bougainville. — Boula de Coulombiers. — Boula de Nanteuil (épreuve restaurée). — (Bourgeois de Boynes). — Bramand (nom manuscrit). — Bretin. — Brochant du Breuil, gr. par *Mathey*. — Ch.-Amb. Caffarelli ; 2 variantes. — Cannac. — de Celon. — Félix de Chalut, chevalier. — de Chambon. — R. Charbonnier. — Ensemble 15 pièces.

476. **Chapais**. — (Chauveton de Saint-Léger). — Jacques Chavanes. — Chesneau. — Clément de Barville ; 2 variantes, dont une détériorée. — Clémant Louis de Caze. — Collin. — Collombat. — (Commines de Marsilly ?). — Conte ; 2 variantes. — de Corbie. — Cotelle de Grandmaison. — (Courtin ?). — Ensemble 15 pièces.

477. **Dampoigné** (le chevalier). — G.-N. Davollé, pièce tirée à la sanguine. — Daymar. — Delepierre de Ligny. — Deschamps de Saint-Amand. — (Des Ruaux, abbé de Sellière). — Deu ; 2 variantes gr. par *Varin*. — Develle de Villette. — Dubois. — Du Boutet (de Maranville) ; 2 variantes. — Ant. Duchêne, prévôt des Bâtiments du Roi. — Bernard Dufau. — Du Liège. — Ensemble 15 pièces.

478. **Du Not de Vieux-Pont**. — Du Pasquier. — Durieux de Beaurepere. — L'abbé Duquesnoy. — L. d'Estampes. — Failly. — Faventine de Fontenille, gr. par *P.-L. Cor*. — Henry Favre. — Fouques. — France, gr. par *H*. — Francoeur l'aîné, gr. par *Collard*. — Guillemart, gr. par *Durand*. — Jean Guillou (légère restauration). — d'Hémery ; 2 variantes, dont une dessinée et gr. par *Moreau le jeune*. — Ensemble 15 pièces.

479. **Guymonneau**. — Henrion, gr. par *Cl. Roy*. — d'Hermand. — Houbigant. — N. Houé, gr. par *C. M. M.* — Abbaye de N. D. d'Issoudun (déchirure). — Jacquin. — Joly (de Bammeville). —

Le Maréchal Jourdan. — J.-B.-B. L'Abbé, gr. par *Mansuy*. — Cl.-Nic. Lalaure. — Michel Lardet. — de La Salle Saint-Bois. — Le commissaire Laumonier, gr. par *Docaigne*, 1762. — Ensemble 14 pièces.

480. **Laus de Boissy** ; 2 variantes. — C. Le Blanc. — J.-B. L'Ecuy. — (Le Doux), gr. par *Coutellier*. — Le Grand. — Le Leu d'Aubilly ; in-8 (bel intérieur). — P. N. Le Prince ; 2 variantes. — Le Sage ; 2 variantes. — (Le Tellier de Louvois), accolé de Bombelles — Le Tors de Chessimont. — (Loysen-Dillié ?). — Ensemble 14 pièces.

481. **Mainssonnat** (Gilbert) ; 2 pièces. — De Manscourt. — Marié de Toulle ; 2 variantes. — de Merigny. — (Michel de la Jonchère). — S Mollevaut. — de Montfleury. — (de Montmoran de Vièvre). — Odile ; 2 variantes. — Perrichon de Vandeuil. — Pichault de la Martinière, chevalier de St-Michel ; in-8 ovale. — Ensemble 14 pièces.

482. **Pigeau**. — (Pignatelli d'Egmond). — Pinseau de la Menardière. — de Polverel, gr. par *Pallière*. — Raymond de Pringy. — Richard d'Aubigny. — (Richelieu, duc de Fronsac) ; 2 variantes. — Rieu ; grand in-8. — François Roche, avocat, gr. par *Durand*. — Simon-Robert Roger, avocat. — Rogier de Monclin. — Théod.-Gasp.-Louis de Roncherolles. — François Roux. — Ensemble 14 pièces.

483. **Saint-Port** (J. B. de). — L.-P. Saunier ; in-8. — Saussaye (nom raturé). — J.-B. Savoye. — Le comte de Serans. — J. Solier. — de Soquence. — H.-G. Thibault. — Thiry ; in-8. — (Thomas de Labarthe). — (Toulet de Maisons) gr. par *Louise Du V(ivier)-Tardieu*. — Le marquis de Vaulserre des Adrets. — (de Verthamon), en Limousin — G. de Voulges. — Ensemble 14 pièces.

484. **Anonymes**. — Réunion de 14 pièces.

BELGIQUE ET HOLLANDE

485. (**Bruynincx**) (Fr.-Ant.-Et.), archidiacre de la cathédrale d'Anvers, gr. par *L. Fruytiers*. — 2 variantes, tirées en noir et en bleu.

486. (**Alegambe**) (d'), gr. par *F. Pilsen*. — (Louis Bosch), gr. par *L. Fruytiers*. — (Cano), chanoine de Saint-Jacques, à Anvers — de Grassis. — (Van der Hemm de Niederstein) ; in-8. —

HOGGUER. — (MOLS), (gr. par *Saint-Aubin*, d'après *Gravelot*). — (van SOUTELANDE). — (de SVIS ?). — ANONYME. — Ensemble 10 pièces.

SUISSE, ALLEMAGNE, ETC.

487. (**Constant de Rebecque**) : 3 variantes. — GALLATIN, gr. par *Roblin*. — HUGUENIN-DUMITAND, gr. par *M. Thévenard*. — Franciscains de LUCERNE. — Comte de BORCH, gr. par *S. Halle*. — (de LAMARCK). — MAREFOSCHI. — Anonyme. — Ensemble 10 pièces.

Nº 231 du Catalogue.

Nº 1328-XV

EX-LIBRIS HÉRALDIQUES

ANONYMES

Par LÉON QUANTIN

PREMIÈRE SÉRIE

Un beau volume in-8 de 288 pages, imprimé par **Philippe Renouard**, illustré de nombreuses reproductions et *tiré seulement à 200 exemplaires.*

PRIX : **25 francs**

Cet important travail permet de trouver la détermination d'environ 1.200 ex-libris anonymes héraldiques, appartenant à 1.000 familles de France et des Bas-Pays. Il comprend un armorial où les écus sont blasonnés avec tous les ornements extérieurs ; une table de décomposition des pièces et meubles des blasons, d'après une méthode qui rend les recherches simples et rapides ; puis, d'autres tables des noms des familles dont les armes sont décrites, soit comme quartiers, soit comme alliances ; une autre des devises, au nombre d'environ 350, et enfin les noms de châteaux.

Cet ouvrage forme un complément indispensable de l'« ARMORIAL DU BIBLIOPHILE » de Guigard et rendra les plus grands services aux collectionneurs de reliures armoriées et de livres de provenances célèbres.

EX-LIBRIS BOURGUIGNONS, par LÉON QUANTIN. — In-8 de 66 pp. orné de 28 figures. — Prix. . . . . **3 fr.**

ARMORIAL DES BIBLIOPHILES DE LYONNAIS, Forez, Beaujolais et Dombes, par W. POIDEBARD, J. BAUDRIER ET L. GALLE. — Petit in-folio, *orné de 1.000 figures dans le texte et de 42 planches hors texte.* — Prix. . . . . **75 fr.**

LES BIBLIOPHILES DU BAS-LANGUEDOC (département du Gard) **ET LEURS EX-LIBRIS**, par PROSPER FALGAIROLLE. — In-8 de VIII-134 pp., *orné de 96 reproductions d'ex-libris et tiré seulement à 100 exemplaires.* — Prix. . . . . **7 fr. 50**

Tours, Imp. Tourangelle, 20-22, rue de la Préfecture.

Tours, imp. Tourangelle, 20-22, rue de la Préfecture.

RED. :

19

www.ingramcontent.com/pod-product-compliance
Ingram Content Group UK Ltd.
Pitfield, Milton Keynes, MK11 3LW, UK
UKHW021500260726
13993UKWH00004B/1504